어제의 내가 오늘의 나에게 보내는 고백,
오늘의 내가 어제의 나에게 보내는 위로와 격려
세상 모든 은혜에 감사와 기쁨을 드린다.

白 海雲

고요의 순간들을 무엇으로 살았는가

고요의 순간들을
무엇으로 살았는가

백이운 시조집

매혹시편
4

북치는소년

차례

너의 손금 속에는

어릴 적 놓쳐 버린 개울가 고무신 한 짝

세공하듯 밤을 밝힌 원고지 빈칸이며

젊은 날 온몸으로 듣던 비창悲愴이 새겨 있다.

자탄과 자아도취로 들끓던 찻주전자

누군가에게 보내졌을 한밤의 감사 기도와

때로는 스스로를 키운 진심어린 독백까지.

네가 살아온 길과 걸어가야 할 길

지금 네가 좋아하는 음악과 차와

잊었던 나의 울음이 헛것인 듯 새겨 있다.

열정백수의 노래

언젠가는 잊혀질 그런 노래 아니라

잊힌 줄도 모르게 묻혀 버린 노래를

온몸이 악기가 되어 부르고 또 부르네요.

베짱이는 귀뚜라미를 부러워하지 않는답니다

일만 하다 죽는 개미도 두려워하지 않는답니다

죽도록 노래하지 못할까 사무쳐 우는 게죠.

제 노래가 당신에게 작은 위안이라도 된다면

무명의 자존감도 꽃처럼 아름답겠습니다

열정이 무대가 되어 환희세상 오기까지.

하늘이 내려다보시면

어쩌다 보니 나는 눈치 없이 행복한 자

죽겠다 야단들인데 즐겁다는 근황에

듣던 중 생소하다고 노시인 실소하네.

철없는 화상이라니, 소리 없는 한 말씀

구름은 높푸르고 주전자엔 물이 끓고

명곡들 재즈로 흐르는데 무얼 더 바랄까.

먹고 사는 일에 다들 전력투구할 때

마냥베짱이 나는 근심걱정 덜한 죄뿐

젊음을 소진해 가며 끄적거린 죄뿐이네.

만둣집 국밥집 죽어 나가는 보릿고개

시인들은 아주 땅 파고 길게 눕겠지

하늘이 내려다보시면 본래 면목이련만.

서른이 미생未生이다

일하는 개미이고 싶은 내 이름은 알베르토

무료급식에 공중수돗물로 끼니를 때운 뒤

햇빛 속 자작나무 숲을 일터처럼 찾아들었다.

세상은 언제 내게 일원임을 허락했던가

풀벌레 독경소리 숲길에 울려 퍼진다

나뭇잎 한 장 덮고서 열반에 든 쓰르라미.

개미들 문상 와서도 상차림에 분주하다

먹다 남긴 빵 부스러기도 너희에겐 성찬이구나

내게도 그런 일자리 어디라도 얻어질까.

서른 해 자라나면 자작나무도 숲을 이루고

풀들이며 벌레들 그 아래 키우는데

내 이름 청년백수는 서른이 미생未生이다.

집보다 더 좋은 것

파지를 줍다가 파지처럼 구겨져

길 위에서 생을 마감한 천호동 독거노인

천호下下는 아니었어도 여러 호쯤 거느렸던.

그늘에서 그늘로 그림자 드리우며

허리 굽혀 섬겨 왔던 헌신의 슬픈 허상

생애의 마지막 시간을 함께 한 손수레다.

자기 생에 있어서도 주연이 되지 못한

그녀의 전직이 배우였을 리 만무하지만

관객을 배신한 결말 명작만은 아니다.

청춘은 아름답다

전철역 앞 골목 입구 허름한 국숫집

인근 공사 인부들이 트림하며 일어서고

여주인 새로 말아 내미는 잔치국수 한 사발.

길가에 나앉은 쪽의자에 냉큼 올라

머리 치렁한 아가씨 국숫발을 호록대네

하이힐 아찔한 굽이 떠받치고 앉은 무게.

삼천 원짜리 한 끼니 하루를 건네주고

허전한 포만감이 공복감을 눙칠 때

청춘은 아름답다고 낡은 라디오 직직댄다.

성탄절 저녁 탱고를 듣네

고요의 순간들을 무엇으로 살았는가

기타와 아코디언 제 가슴 뜯어 가며

강렬한 치유의 손길로 한 저녁을 구제하네.

절망과 탄식을 넘어 꽃 한 송이 피어나니

인간의 신도 탱고의 신도 사랑임이 분명하네

세상의 모든 탄생이 성탄이라 하는 날.

서른의 예수 예순의 붓다

마차가 호박으로 변하는 마법의 순간

누구나 신데렐라의 신 하나씩 신게 된다

치수가 맞을 리 없는 구직이거나 희망퇴직.

호박이 마차로 변할 득의의 때를 위하여

골고다를 헤매거나 수미산을 오르지만

시장통 뻥튀기 소리에 흩어지는 신발들.

여기 서른의 예수 저기 예순의 붓다

누구나 그 나이 즘에 십자가를 지고

누구나 그 나이 즘에 마법처럼 해탈한다.

붉은 화첩

― 꿈인 듯 만산홍엽

시인으로 위장한 금지옥엽 철부지

아무것도 아닌 이로 위장한 생면부지

암호를 주고받듯이 총구를 들이댄다.

정체 모를 시를 쓸 때 알아봤어야 했네

흔적 없이 사라질 때 알아봤어야 했네

방아쇠 당기지 않아도 붉은 해방 맞을까.

그림자 남기지 않고 감쪽같이 완수한

첩보에 물샐 틈 있어 미리 터진 화약고

해와 달 위장을 벗고 신분을 밝히다.

길

꽃 피고 잎 지는 게 기적이라는 말씀

시간을 재촉하지 않는 품성 그대로

나무들 몸을 낮추고 쉴 채비를 마쳤다.

사라져가는 모든 것들의 늠름한 뒤태

하늘로부터 받은 허허로운 충만에도

대지는 비장함 대신 너그러움을 택하고.

고개 숙인 결실들에 합장하는 어깨너머

세상에서 가장 낮은 길이 열리고

귀먹고 눈먼 바람이 선하게 앞장선다.

양들의 침묵

방목되는 양들이 살아갈 지혜는 있어

여우를 만나면 여우 울음을 울고

달 뜨면 달뜬 늑대처럼 우짖어도 보는데.

눈표범이 지나간 흙벼랑 오르다보면

상상으로 그리던 달에 가는 자전거

페달을 힘껏 밟고서 환골탈태 해보려나.

사다리인지 올가미인지 하늘 도는 검독수리

어느 틈에 양들 그림자 하나씩 채 올리는데

기원의 응답이었는지는 침묵만이 알리라.

물

바위가 막아서면 그 바위 돌아 흐르고

큰물이 덮쳐오면 그 등에 얹혀서 간다

흐름이 멈춘 뒤에야 큰칼을 벗는 운명.

흐르는 물이라고 뼈 없는 것은 아니다

흐름을 그쳤다고 물 아닌 것은 아니다

누구나 큰칼을 벗을 즘엔 물이 한번 뒤집히리.

달팽이에 관한 기억

달팽이 한 마리를 기른 적이 있지요

어느 날 그 달팽이 배춧잎을 사각대더니

보이는 모든 것들을 삼키기 시작했지요.

아마도 자신을 코끼리라 생각했던지

화병에서 쓰레기통 벽에서 지붕까지

낱낱이 빠른 속도로 먹어치우는 것입니다.

공룡을 꿈꾼 달팽이를 마냥 키울 수 없어

그가 온 기억 속으로 돌려보내고 말았답니다

회로가 어디서 망가졌는지 알 수는 없었지요.

울음

충절지사 매미야 이제 그만 울려무나
황제도 이미 가고 황궁도 비었으니
사초도 눈이 짓무른 만장 걸어 놓았으니.

내 울음에 달리 무슨 뜻 있겠소만
충절이란 말의 껍질만 남은 지 오래
내 비록 미물이지만 원 없이 울다 가오.

별을 향해 기도하다

일곱 명의 사무라이나 일곱 명의 총잡이가

목숨을 바쳐가며 지키려 했던 것은

무고한 마을 사람들, 목숨이란 단순 정의.

목숨을 바쳐가며 주군을 지키려던

환관도 궁인도 가고 없는 궁궐터엔

불사의 대신족들이 변신합체 하고 있다.

비천함이 비천飛天하여 우주의 기를 받으니

양민들 무엇에 목숨을 맡겨야 하나

이제는 존재하지 않는 별을 향해 기도한다.

혼자 차 마시기

차를 머금어 빛나는 찻잔의 몸만큼

찻상 유리면 속에 빛나는 잔 그림자

내면이 저쯤은 돼야, 탄복하는 되풀이.

혼자 차 마시기는 사라짐의 되풀이

기억 속에 각인된 달의 지문을 지우며

누군가 쓸고 닦은 길 달팽이가 기어가듯.

늦가을 날 저녁 밥상

반찬 없는 밥 그도 퉁퉁 불은 눌은밥에

어금니가 부러졌네, 늦가을 날 저녁 밥상

생生사리 나올 법도 한 날들 다 보내 놓고.

자비의 길

시인의 몸속에는 수만 갈래 길이 나 있어

혁명군이 지나기도 하고 치매 노인이 가기도 한다

신들이 미처 수습하지 못한 사통팔달 자비의 길.

대화법

그대와 나 인도 카레를 맛있게 먹으며

다른 사람과 먹었던 고등어구이를 얘기하네

노래도 일절 모르는 아이돌들 거론하며.

지복至福

가장 사랑하는 사람과 제일 사랑하는 사람

그들과 내내 함께 하는 일상다반사

그릇을 비우고 포개 쌓아 올린 지복의 탑.

시시한 시

진진히 흙비 내리는 조선의 봄을 예찬하며

철갑옷 두른 꽃이 강철목련을 점두點頭하네

저 비에 속지 않고는 시가 될 수 없다고.

구름의 달

남자 여자가 모여 살아도 한 번쯤 그립다 하듯

온갖 신들 모여 살아도 한 번쯤 그립다 해야

한 줄기 매화 나뭇가지에 스칠 듯, 구름의 달.

시간의 혀

이 빠지고 금 간 데 있어 얻는 존재감

상처받고 잊혀진 시간의 혀가 알리라

베일 듯, 골동이란 이름으로 등극하는 순간을.

경계

무쇠솥에 물이 끓는 동안 긴장하는 것은

찻잎이 아니라 물거품이고 정적이다

경계境界는 경계警戒로써만 존재하고 사라진다.

벚꽃세상

광음천 사람들은 빛으로 말하고 응답한다지만

지음 간의 거리는 오고 감이 없어라

오늘은 화탕火湯지옥이 벚꽃세상을 알리네.

달 아닌 달
– 표지 그림

책 제목에 들었다고 시안試案에 그려 놓았네

구겨진 달, 달 속의 달, 우주 멀리 날아간 달

마음이 따뜻해지는 달 아닌 달도 있었네.

생일

만제자가 챙겨 보낸 생일 닭 한 마리

태어남을 축하하는 장엄한 헌신이구나

어머니 날 낳으시던 그 무루無漏의 헌신이란!

반하거나 홀리거나

\- 강호 과객

하산하여 숨어 살면 도술을 금해야 한다고

세세생생 이르시던 스승의 가르침 잊고

지나던 이름 없는 협객을 주저 없이 따름이여.

반하거나 홀리거나
– 마음이 하는 일

마음의 눈으로 바라보면 무엇이든 예쁘다

타인을 사랑하듯 자기를 사랑하는

그대가 아름다워서 이 세상이 아름답다.

반하거나 홀리거나
– 예의에 대하여

빗소리 가열할 땐 매미도 숨죽이다

그칠 무렵 슬그머니 패권 잡는 솜씨 있네

동시에 악다구니 치는 무례를 삼가네.

반하거나 홀리거나
– 어느 하루

잔칫날도 아니고 제삿날도 아닌 날 잡아

바리때같이 자기 관을 지고 가는 이들

무시로 그래왔기에 이상할 것 없는 하루.

반하거나 홀리거나
– 당의정이 필요한 사람들

소화제 주시면 될 걸 종합처방 해주시네요

지나가는 초짜에게 열정적 필력에 입담

삿갓 쓴 양복쟁이가 풍각쟁이를 웃기네요.

반하거나 홀리거나
– 연緣

매미만한 바퀴벌레 벌렁 나자빠져 죽어 있다

살아서는 올려다볼 꿈도 못 꾼 푸른 하늘

한 번도 눈 맞추지 못한 그런 연緣도 있는 거다.

반하거나 홀리거나
– 일

사람에게 익숙해지는 법 따로 있지 않구나

일상처럼 밥 먹고 함께 차 마시는 일

무슨 차 좋아하는지 그것 되어 주는 일.

반하거나 홀리거나
– 도심산중

첩첩산중 무서워 도심산중에 들었더니

먼데 손이 알아보고 훼방 놓듯 덕담하네

얼마나 좋은 당호堂號냐, 스며들 듯 숨었으니.

반하거나 홀리거나
- 혼잣말

돌부리에 채인 일도 한 번 없는 바람처럼

그 아래 집을 짓고 늙어간 개미처럼

혼잣말, 깊이 없는 노櫓로 그대를 저어 갔다오.

반하거나 홀리거나
– 눈금

바둑판을 뛰쳐나온 바둑돌이 허공에 머문다

그대로 붙박일까 궁리하는 잠시잠깐

허공이 그려내고 마는 눈금들의 찬란함!

반하거나 홀리거나
– 칭찬

무동을 타려면 작고 가벼워야 하네

칭찬을 먹고 살던 이웃집 페르시아 고양이

어깨에 올라타는가 했더니 숲속으로 도망쳤네.

반하거나 홀리거나
- 계산법

감정과 우정을 낭비하고 만 듯하지만

허비라도 했으니 실은 다행인 것이다

삶이란 정성을 다해 손損, 수지맞는 계산이다.

코

소리를 본다 하고, 향기를 듣는다며

아름답게 말할 줄 알았던 사람들

코끝에 삼라만상이 앉은 것도 보았대.

도깨비 세상

꽃신을 왕관인 양 머리에 쓴 사람들

나막신 신은 내게 짚신 자꾸 권하네

비 오는 도깨비 세상, 후의厚意는 고맙네만.

각축에 억측

뿔도 없으면서 들이받는 시늉 해대며

언제부턴가 우리 진흙탕을 뒹구네

연꽃이 피어나리라, 괴이한 억측 하며.

꽃이 된 항아리

비어 있는 항아리도 우련 아름답지만

꽃이 담긴 항아리는 뭉클하게 아름답다

어미가 새끼를 보듬은 풍경, 그대로가 꽃이다.

봄은 늘 춘래불사춘

꽃을 꽃이라 한들 그대 믿겠는가

산을 산이라 한들 그대 믿겠는가

멀리선 상상을 하고 가까이선 왜곡하네.

꽃 피는 계절

눈 어두운 사람은 순례 길을 떠나지 않는다

구하지 않는 것도 때로는 즐거운 일

꽃 피는 계절이 오면 모든 꽃이 함께 핀다.

비몽사몽 사월

오래지 않은 옛날이라면 증손쯤 보았을 나이

소년 소녀적 치기로 비몽사몽 사월이여

무수한 장국영들이 목련으로 피었다 지네.

달이 아름다울 때

달이 아름다울 때는 공산명월 아니라

오래돼 탈골한 벚나무 그윽이 지켜볼 때

바람에 꽃잎 구, 구, 구, 질 때라면 더욱이.

화양연화 花樣年華

꽃샘바람 불면 꽃샘바람 분다고

진눈깨비 내리면 진눈깨비 내린다고

우리들 타박만 하던, 그 시절이 화양연화.

화신化身

고양이가 열반도에 들어있지 않은 까닭은

소를 타고 간 쥐가 깨워 주지 않았기 때문

먼 훗날 끼워 넣어준 화사畵師, 누구의 화신인가.

초야草野

초야에 묻혀 잘 지내고 있다고

꽃바람에 얹혀 문자 하나 날아왔다

이 세상 어디에도 없는 초야, 스마트폰이 키운다.

돌계단에 떨어지는 낙엽

돌계단에 떨어지는 붉디붉은 낙엽들

층층이 도열하며 계급장으로 변신한다

때로는 낮은 것들이 권위적일 때가 있다

스마트폰

마음 밖에도 안에도 상주하는 이 뭣고

세상 어디에고 없는 데가 없는 이 뭣고

찰나에 기별이 닿았다가, 끊어지는 이 뭣고.

문자 안부

꽃이 피었느니 졌느니 띄우는 문자 안부

얼굴 좀 보자는 시린 속내 누가 아니랄까,

소옥아, 소옥아 부르던 그 심정 짐작겠네.

청도 씨 없는 감

몸속에 품지 않고 하늘에 씨를 품어

청도 씨 없는 감은 품계도 지위도 없다

대체할 복과 덕 없어 그대로가 청도^{清道}다.

중추절을 축하함

좋고 싫음을 내려놓아야 네가 보인다

영혼 없는 인사라도 듣고 싶은 목소리

달팽이 달을 향하여 늑대 울음 우는가.

일상다반사 日常茶飯事

밥 먹고 차 마시는 일상다반사가 일대중대사

격리된 사람들이 서로를 헤아리는 시간

무엇이 봉쇄를 푸는가, 식은 차가 뜨겁네.

숨 고르기

검이든 도刀든 베기는 마찬가지

사랑이든 우정이든 찌르기는 매한가지

너에게 금사갑주金絲甲冑를 주랴, 눈먼 죽비를 주랴.

화살의 행방

무표정하게 다가와 비수를 꽂는가 했더니

웃으며 뒤에서 화살을 날려대네

그 화살 묘연한 행방 백 년 가도 모르리.

오연헌梧硯軒* 하룻밤

차향도 묵향도 사람 향기에 젖고

적막도 입을 열어 시 한 구句 보태는 밤

탁발한 필생의 연緣이 오롯하고 오롯하네.

* 덕암悳嚴 박남식 시인의 산방

청개구리 무설법문

청개구리 한 마리 나뭇가지 튀어 내려

풀숲으로 사라졌다, 가는귀 절벽이다

낙처를 알 수 없는 착지, 깊고 깊다 외외하다.

야옹 선사

좌선이든 와선이든 가리지 않고 행하고

떠받듦이든 내침이든 주저 없이 거둔다

오래 전 검법을 버린 자유무사처럼 도도하다.

꽃 한 송이

그대 이미 세계의 한 송이 꽃이거늘

피어나지 못할까 두려워하지 마시라

세상이 그대 어깨에 고요히 기대 있음을.

숫자 놀이

봄 여름 가고 오고 가을 겨울 오고 가듯

어제는 여든이었는데 오늘은 스물이네

서른에 몰랐던 것을 열일곱에 깨우치네.

복사꽃 세상

앵무새 조잘대고 원숭이 꼬리 흔들며

오라면 오고 가라면 가는 복사꽃 세상

너와 나 뭐가 뭔지 모르고 여기까지 왔구나.

공중누각

돈 버는 기술과 돈 쓰는 예술이

작당하고 지어대는 허풍선이 공중누각

너와는 상관없는 일에 씨 뿌리고 거두누나.

중심축이 기우네

혀의 날을 벼르고 벼린 고수는 비껴가다

뜨내기가 스쳐가며 찌른 날은 막지 못하네

그때를 기회 삼을까, 중심축이 기우네.

지하철 세 정류장

지하철 세 정류장 길을 나선 달팽이

십 년을 기어가도 도착 못 했다는데

지구를 거꾸로 돌아 날아가는 중이란다.

꽃을 사랑한다고 어찌 말하랴

멋들어진 독재자를 자기 안에 키우면서

오늘 하루도 행복하게 꽃을 피우느니

자신을 믿어 의심치 않는 이 꿋꿋한 살기殺氣로움.

환골탈태

아무리 붉게 녹슨 방품 무쇠 주전자라도

찻잎 몇 번 비벼 주면 골동처럼 변신한다

말 없는 기물 하나도 환골탈태 아는 거다.

찻잔 하나도 허투루 할 수 없는 내력

차 권하던 그대에게 이제 찻잔을 건네느니

가마에서 첫 손 꺼내 환하게 웃던 도공

그 무슨 바리때인 양 황홀해 하던 내력을.

어디에도 있는 반려

종자기가 없다고 슬퍼하지 말 일이다

금琴과 차와 꽃비 내리는 나무 있으니

흰 구름 흘러갔다고 산이 울지 않듯이.

무 배추보다 못한 시

세상에 존재하지 않는 들국화와 참나무를 찬탄하며

얼마나 공허한 시를 나 써 왔던가

장마당 쭈그려 앉은 무 배추보다 못한 시.

마음 챙김

스무 해 세배 오는 의현* 그도 이순耳順이라는데

맞절하며 사제 간이 마음 챙김 하는데

올부턴 절값 좀 하라고 창문 밖을 가리키네.

* 김의현金宜賢 시인

까마귀 떼가 우는 오후

까마귀 떼가 우는 오후 아파트는 두문불출

배가 고파 우는 건지 사람 그리워 우는 건지

이 공부 저 공부 해도 울음의 뜻 알 수 없네.

무채색이 키운 시간

봄비에 봄꽃 지자 여름 꽃들 피어나니

네가 누구인지는 몰라도 좋겠구나

외갓집 다락서 찾은 성경책만 같은 눈물.

묵언의 실체

하루라도 묵언을 해 본 사람은 알리라

시끄럽고 거추장스런 말들의 경로

뇌 속을 가득 채우고 경주마로 달린다.

내 안에

어디로 튈지 모르는 너구리와 청개구리

말 안 듣는 원숭이와 눈먼 개미 떼

내 안에 이런 것들이 주인 행세 식객 노릇.

인생칠십허영청虛影廳

셰익스피어를 읽지 않고는 인생을 논하지 말라며

여우 사냥 나가 아직 돌아오지 않는 사람들

한 획을 긋지 못하여 우리 붓을 놓지 못하네.

칼

칼을 버려야 비로소 보이리라

오랜 날 품고 있던 그 서느런 날빛

녹슬고 무뎌져 버린 은혜로움이 보이리라.

허당

하소연이나 해 보려 신선을 찾아 갔다

도낏자루 베고 철없이 잠든 나무꾼

바둑돌 잊고 돌아봤을, 한 마디를 못 건네서.

못,

어설픈 집짓기 따라 하기 시늉 해보니

벌집 거미의 집 발끝에도 못 닿았네

울음도 새소리 벌레소리에 한참을 못 미치네.

아직도, 생선 대가리

어머니 살아생전 좋아하시던 추어탕

돌아가신 다음에야 좋아하게 됐지만요

아직도 생선 대가리, 똑바로는 못 봐요.

덧칠, 너란 덧질

철저하고 처절하게 성형수술을 했네

신부화장 무대화장 건너 한번 맛본 극치의 미

이름을 지우고 보면 너도나도 김삿갓이야.

산의 행방

메아리 없는 기도였다 탄식할 일 아니네

거기 산이 있을 줄 알았던 때문이니

그 산이 야반도주한 건지 원래 없던 것인지.

달 아래 웃고 있네

작두 타기 싫어서 펜대를 잡았는가

갈지자 조삼모사 쓸개즙도 싱거워서

질긴 시 질겅거리며 달 아래 웃고 있네.

코끼리와 성자

술 취한 코끼리라 자신을 생각하다

거적 쓰고 누워버린 성자를 보았지요

둘 사이 무슨 연고가 이리도 아픈가요.

절규도 사치스러워

고독한 죽음이 고독한 삶을 스쳐간다

허락받지 못한 울음 경계선에 멈춰 있다

절규도 사치스러워 혀 깨물고 있는 유품.

빙렬氷裂

아끼던 것들이 떠나간 자리는 아름답다

아프다,고 하려던 말 아름답다,로 태어나고

네 모습 아리따움에 지쳐 빙렬이 또 인다.

바다거북은 바다를 사랑한다

바다거북이 오랜 세월 끝 산정에 이르니

산짐승들 더러는 숨고 더러는 웅성대네

정상은 산에 있지 않아 단박 대해로 뛰어드네.

붉은 시

만주벌판 누빌 때 습격하던 폭설이다

독립군도 마적 떼도 잠시 총을 거두고

붉은 꽃 가슴에 그리며 읊조리던 한 줄 시.

월병 이야기

월병 조각 가슴에 걸려 숨 막히는 추석날 밤

어머니 피안에서 열 손가락 따 주시네

둥근 달 등을 두드려 독한 체기 내려 주네.

까마귀 문답

오늘은 네 말귀 좀 알아들었으면 좋겠네

뭐라 뭐라 말 걸 때는 뭐라 뭐라 답해야 할지

허공에 문신을 새기는 그 날갯짓 또 뭔지.

까마귀 물고 온 서신

거짓말도 찬란하면 때로 전설이 되고

죄도 아름다우면 우화가 되었던가

까마귀 물고 온 서신 화로 속에 불타네.

말, 말, 말

지나가는 말들을 주위 담을 일이지

뼛속 깊은 말을 꺼내 들 일 아니다

비둘기 까마귀 떼가 사방 천지 나돈다.

꽃다발
– 노산문학상 시상식장에서

어제인 듯 내일인 듯 단체사진을 찍는다

수상자였던 시인이 보내온 천상 꽃다발

눈물로 받아든 이가 오늘의 주인공이다.

젊은 도공 봄밤 같은

한밤중에 깨어나 불현듯 고쳐 쓰는

숙제 같고 화두 같은 시조 종장 마무리

졸다가 불길을 잡는 젊은 도공 봄밤 같은.

동피랑 벽화에 숨은 시인

통, 영, 하고 부르면 토옹, 여엉, 하고 대답한다

문, 정,* 하고 부르면 무운, 저엉, 하고 대답한다

동피랑 어느 벽화에 숨어 바다를 삼켰더냐.

* 고故 차문정車文貞 시인

검은 호랑이해의 행복 수업

환지본처 할 때 쓰라 유골함*을 선사받았네

차 단지로 쓰겠노라 웃으며 대답했네

공간이 말해 주지 않는 뼈와 차의 은둔처.

* 김대웅 작. 인류 시작의 토기 단지에 가까운 무유 통가마 장작 번조 작품

빵과 꽃

시장 한 바퀴 돌며 사드는 것은 빵과 꽃

일용할 양식과 일용할 사유를 위해

흰 접시 무지 화병이 무덤덤히 거드네.

차벗들의 나이

스무 살 차벗들과 하하호호 날 저무네

이 세상 먼저 와서 잘 살다 갔던 이들

돌아와 우려 주는 차 공손히 받아 드네.

내 기억의 서랍

내 기억의 서랍엔 악보 없는 곡조 하나

표기 없는 글 한 줄 들어 있는 것도 같네

한번쯤 열릴 듯 말 듯, 달각이며 함구하며.

향기로운 할喝

스무 해 다만 묵묵히 먹을 갈아 오더니

묵향보다 더 깊은 향기가 된 시인

스스로 향기가 없다, 향기로운 할喝을 하네.

시인의 산방

복숭아 익을 무렵 만나자 약속하며

독립군 모였다 흩어지듯 비장하네

스무 해 복사꽃 향기, 열 사람 시의 향기.

작약

작약꽃 함박웃음 누구에게 보내 줄까

외롭고 쓸쓸한 이들, 다 가져도 공허한 이들

선잠 든 하느님 어깨, 눈먼 개미 한 마리.

벗어날 수 없네

하수는 칼을 갈고 그 위는 들어 보이고

품은 듯 않은 듯 고수는 무심해도

칼 밖을 벗어날 수 없네, 날빛이며 해진 칼집.

무릎, 꿇다

'음식을 만들면 시가 온다'*고 하질 않나

'모던 보이'가 '모던 걸'에게 '경성'**소식도 보내 왔다

요즘은 무릎 꿇고 봐야 할 책들만 온다.

*김명지 산문집
**김남규 인문학서

삼배, 하다

무릎을 꿇다 못해 삼배三拜 하고 읽어야 할

책들이 내게 왔다, 아직 어린 나에게

붓다가 등 다독여 주듯 엄마가 가슴 쓸어 주듯.

거리 두기

마음의 벗 초의에게 추사 노인 간곡한 채근

천리 길 애틋했던 차 한 봉 향기인데

오늘은 지척 간에도 찻물 혼자 끓고 있네.

금줄

프레임에 갇히기 전 하늘 날던 독수리

깨달았다 자부하기 전 표표하던 고양이

금줄이 되기 전까진 우리 모두 그랬다.

향기의 빛깔

올해도 네가 와서 우는구나, 매미야

네 울음 빨강 파랑 초록 무지개 같은 것이냐

소리 끝 향기의 빛깔을 보았다는 것이냐.

햇빛 맑은 날의 꿈

풀잎만 뜯거나 찻물을 들이켜거나

꼭 그런 것 아니어도 여린 감성 들키기

네 안의 신비로움에 여과 없이 통과하기.

마음도 늙어간다

멀어져 갔다고 진정성을 의심하고

여차하면 지워 버리는 휴대폰의 숫자들

마음이 스마트를 지우고 지운 줄도 모른다.

붉은 줄

이백 자 원고지에 사정없이 붉은 줄

이름 석 자만 남기고 스승이 그어 버린,

일생을 갑옷 없이도 두려움 없을 화살.

그날의 안부

읽지 않은 책들이 빚처럼 쌓여 가선

네 울음 결국 문턱을 못 넘고 마네

그 옛날 천연두 돌 듯 그 못물도 말랐네.

시 한 줄

귀뚜라미가 한 번 울려면 천년은 가고

매미가 죽자 들면 또 한 백 년 가는데

시 한 줄 풋내 풍기며 생의 한 끗 쥐고 있네.

해괴解塊

잘 여문 과실 잘 익은 보이차도

때가 되면 적당히 힘을 뺄 줄 안다

제 몸에 칼을 받아들일 때는 더 그럴 줄 안다.

결기

기어이 숫돌 하나 허공에 던져지고

칼과 노래와 너의 일생 푸른 결기

다 빠진 속눈썹 위로 붉은 해가 돋는다.

고양이 꿈속의 봄밤

봄밤을 어슬렁거리며 고양이 잠을 깨우네

찻잔을 홀짝이며 고양이 꿈을 깨우네

꿈이야 꿈속의 꿈을 깨워 봄밤이 일렁이지.

기다림에 대하여

무쇠솥에 끓는 물 한 김 식기도 전

차를 기다리던 객 참지 못해 가버리네

오백 년 고차수 찻잎, 삼십 년을 더 왔는데.

까마귀의 날들

까마귀가 전해 주는 축하 인사 받고도

흉한 징조라고 귀를 막던 날 있었네

젊은 날 어리석음도 축복이었음을 알겠네.

재유 화병

불기운을 이기지 못해 우그러진 너의 흉상

잿물을 몸에 두르고 가마 속에 뛰어들 때

기필코 성불하리라 확신했던 대로다.

헛바늘

묵언을 한답시고 토굴에 들어서는

되는 말 안 되는 말 얼마나 중얼댔나

실성한 헛바늘들이 묵음을 타파하네.

죽비보다 무서운 것
– 노시인의 시집*

스님네 화두는 '오직 모를 뿐'이고

시인들 화두는 '오직 쓸 뿐'인가

미수며 백수 청년이 퇴고하고 퇴고하네.

*김남조, 이상범 선생의 시집

시작 노트 혹은 짧은 생각 몇 마디 1

*

지구가 하나의 생명체이듯이 시조 또한 살아 있는 생물이다.

시인이 시조를 쓰지만 시조 또한 시인을 써낸다.

*

자만에 빠지지 않으려면 자기 시조에 스스로 속지 말아야 한다.

시인은 그 시조의 실체와 가까워지려고 노력하는 존재일 뿐이다.

시가 곧 그 사람은 아니다.

*

가난한 시인보다는 청빈한 시인이 아름답다.

청빈한 삶보다는 자족하는 삶이 아름답다.

무소유의 반대 개념은 소유가 아니라 자족이라는 달라이라마의 가르침은 언제나 유효하다.

*

잡은 생선 먹고 와인 마시고 염소나 키우면 됐다는
먼 나라 작은 섬 이름 없는 어부는 달라이라마의
거울이다.

*

지혜로써 인내한다.
자신에게 엄격하지 않으면 시인, 시의 종장宗匠이 아
니라 시의 기술자,
시를 국화빵처럼 찍어내는 기술자로 전락하고 말 것
이다.

*

찻잔을 계속 쓰면 차심이 들어 처음엔 보이지 않던
빙렬이 나타나든가 빛깔이 바뀌어 간다.
세월에 물든 찻그릇과 사용하지 않아 민낯일 뿐인
그릇은 느낌이 다르다.
시조라는 그릇도 그렇다.

*

잘 만들어진 찻사발이 가마 안에서 불을 너무 강하
게 받아 나올 때가 있다.

그런 경우 사발의 가치는 찻사발과 밥그릇의 경계에 놓인다.

불길을 너무 받은 찻사발처럼 감정과잉이 되지 않도록 경계한다.

*

거친 느낌의 귀얄분청 사발은 힘차고 아름답다.

거친 붓질이 휘돌아 간 자국이 실로 거칠지 않기 때문이다.

*

철들지 못해 시 쓰기를 멈추지 않으면서 철든 소리를 하고 싶어 하는 심사.

이런 모순이 정좌 속에 혼돈을 키우고 창작의 불꽃을 키운다.

*

평상심시도平常心是道와 평상심시천변만화平常心是千變萬化는 같은 말이다.

*

생각도 하나의 물질이다.

죽은 자작나무가 품고 있는 차가버섯은 영약이 아

니라 쓸모없는 물질이다.

*

흉내내기, 자기 복제는 자신에게 칼을 겨누는 얼굴 없는 자객이다.

*

스승이란 스스로 되는 게 아니라 제자에 의해 만들어지는 존재다.
자신이 제자라고 생각하는 이가 자기 제자가 아니라 자신을 스승이라 생각하는 이가 자기 제자다.

*

제자가 곧 자신이 섬겨야 할 자기 스승이다.

*

이 세상 모든 어머니의 잔소리 치고 오도송 아닌 게 없다.

*

열반송만 열반송이 아니라 죽기를 각오하고 쓰는 시가 다 열반송이다.

*

　머리로 쓰는 게 아니라 몸으로 쓰는 저 삼라만상의
열반송!

시작 노트 혹은 짧은 생각 몇 마디 2

*

일기일회一期 一會는 선가에서나 다회에서만 쓰는 말이 아니다.

살아가는 한 순간 한 순간이 다 일기일회다.

*

자기 자신을 객관적으로 바라보는 일은 즐겁다.

실수투성이인 인생에 객관적 시각은 평형감각을 길러 준다.

*

무명 도공이 기계적으로 만든 이 빠지고 금간 찻잔과

유명 작가가 작품으로 만든 찻잔이

백 년 세월을 머금으면 골동이란 이름으로 같이 존중받는다.

사람들에게 행복감을 준다는 데서 차별받을 까닭이 없어서일 것이다.

*

어설픈 배려가 설혹 상대방에게 상처를 줄지라도
배려 없는 인간관계보다는 낫다.

*

오늘 하루 내 삶에 만족하는 거기, 모든 것이 있다.

고요의 건축술과 시인의 사라짐

이민호(시인·문학평론가)

1. '보이지 않는 것'을 건축함

라이너 마리아 릴케의 시 창작 원천은 고독이었다. 필생 역작 『두이노의 비가』를 쓸 무렵 천사의 목소리가 들렸다. 시인이 어둠 속에 있을 때였다. 외부와 차단된 깊은 내밀함 속에서 궁핍한 시대의 존재론적 물음을 거듭하고 있을 때 신비한 내면에서 생명의 소리가 흘러나왔다. 그럼으로써 시인은 보이지 않는 것을 보게 되었고 삶과 죽음의 거룩한 발자취에서 드러나는 소리를 인간에게 되돌려 주어야 한다는 시인된 소명을 되새기게 되었다.

그처럼 백이운은 고요한 순간들을 거듭 살고 있다. 이 시집은 그때마다 들리는 존재의 소리를 듣고 부름에 응답했던 고백록이다. 그러므로 이 시집은 그 자신

146

뿐만이 아니라 그의 시 역정을 같이 했던 사람들에게 중요한 계기moment를 마련한다. '불가능성의 가능성'이다. 앙리 르페브르가 발굴한 이 아이러니는 여기저기 살아 숨 쉬는 순간의 역설이다. 지금 우리가 맞닥뜨린 한계와 무지몽매한 특권의 폭력 저편에서 홀로 더불어 살 수 있다는 가능성의 현실적 장치이기도 하다. 개체로서 주체, 즉 구체적 세계 속에서 살아 움직이면서 서로 관계 맺는 인간 형상을 세우는 일이다.

삶의 가능성을 꿈꾸는 일은 공간적이다. 몽상가 시인에게는 시적 건축술이라 할 수 있다. 이 시집에서 공간과 시인의 상호 관계를 온전히 드러내는 방식을 들여다보면 언어적 상징 질서에서 벗어나려는 시인의 상상력과 만날 수 있다. 그런 점에서 백이운은 주체와 외부를 구분하지 않고 공간을 건축하듯 시를 쓴다. 칸트가 비판 철학을 기획하면서 '인간 이성은 자연 본성상 건축술적'이라고 언명했듯이, 앙리 르페브르가 이 이성의 장벽을 넘어 시적 공간을 해방시키려 했듯이, 백이운은 파편화된 일상 속에 흩뿌려져 있는 것들을 모두 하나로 집결시키고 있다. 이 비체계적이고 유동적인 공간에 시인은 홀로 존재하지 않는다. 그의 실존은 끊임없이 이어지는 관계의 연속이다. 사물과 타자와 시인이 오갔던 흔적이 이 시집으로 묶였다. 이때 비로소 시인은 사라지고 진정 시적 몽상의 세계가 펼쳐진다.

하이데거는 1951년 다름슈타트 강연『건축함 거주함 사유함』에서 건축함이 근원적으로 거주함을 의미한다고 말한다. 나아가 본질적으로 '인간 존재의 근본 특성을 사유'하게 된다고. 쉼표로도 나누지 않은 건축함 거주함 사유함의 총체성은 백이운의 시적 공간에서 가능성의 시학을 열어 놓는다.

2. '보살핌' 속에 거주함

시를 짓는 것은 인간 거주와 마찬가지로 주변 세계를 돌보고 가꾸는 것이다. 이 내재된 창조성으로 비로소 시인은 공간에 깃들어 살게 된다. 그러므로 시는 그저 만들어진 것이 아니다. 구조화된 건축물과 같은 형식에 얽매이지 않고 어떻게 거주할 것인가를 사유한다. 나아가 시적 공간을 건축하는 가운데 인간 존재의 근본적인 물음을 던진다. 하이데거는 특별히 '거주함'의 근본적 특성을 망각과 은폐로 점철된 인간 현존재의 '보살핌'에 가져다 놓는다. 그럴 때 시적 공간은 단지 형식적 공간이 아니라 시인이 의미를 부여하는 장소가 된다.

백이운의 시를 하이데거의 '거주함'의 네 가지 '보살핌'으로 살펴보면 세계를 수호하는 것이며 간직하는 일이다. 보살핌은 땅을 구원하는 가운데, 하늘을 받아들이는 가운데, 신적인 것들을 기다리는 가운데, 죽을 자들을 인도하는 가운데 인간 삶에 생기를 불어 넣는다.

　　매미만한 바퀴벌레 벌렁 나자빠져 죽어 있다
　　살아서는 올려다볼 꿈도 못 꾼 푸른 하늘
　　한 번도 눈 맞추지 못한 그런 연緣도 있는
　거다.
　　　　　　──「반하거나 홀리거나-연緣」 전문

　일상은 제 몸을 채우고도 넘치는 욕망과 거주하고 있다. 바퀴벌레로 환치된 욕망은 오래된 미래처럼 시원에서 기원하여 현재를 뚫고 느닷없이 눈앞에 드러난다. 욕망의 주검 앞에 시인은 보이지 않는 것을 중첩시켜 본다. 시인이 거주하는 공간은 '푸른 하늘' 아래 구현된 땅이다. 대지는 지배자가 소유하는 것처럼 보인다. 그러나 '올려다볼 꿈도 못 꾼' 사소한 것들의 공간이기도 하다. 당당히 하늘을 우러르는 자들은 그러한 소수자들을 '바퀴벌레'처럼 취급하고 배제하며 차별한다. 시인은 그 은폐된 공간을 푸른 하늘 아래 헤집어 놓았다. 망각된 실체의 적나라함이 시인의 마음을 흔들고 있다. '인연' 앞에, 스치지 않았을 관계 앞에 고개를 숙이는 것이다. 인연의 보살핌으로 이 땅은 다시 구원받지 않을까.

메아리 없는 기도였다 탄식할 일 아니네
거기 산이 있을 줄 알았던 때문이니
그 산이 야반도주한 건지 원래 없던 것인지.

— 「산의 행방」 전문

　하늘은 탄식 이전에, 인식 이전에, 판단 이전에 존재
했다. 그래서 기도는 메아리 없었으며 산은 거기에 없
기도 했다. 산의 행방을 묻는 것은 보이는 것으로 보
이지 않는 것을 찾으려는 언어도단이기도 하다. 고요
함 속에서 시인은 밤을 타 도피할 수밖에 없는 존재
들을 생각한다. 그 존재성에 대해 물음을 던진다. 내밀
함 속에서 본래 존재했던 순수 본질에 대해 의심할 여
지 없이 존재하고 있다는 확신이야말로 보살핌의 정점
이다. 칸트가 『순수 이성 비판』을 통해 설파했듯이 보
이지 않는 것, 즉 본래 있는 것을 없다고 부정할 수는
있지만 보이지 않는 것을 없다고 표현할 길은 없다. 야

반도주했던 시공간 속에 우리 모두 거주하고 있다. 그래서 보이지 않는 하늘로 손 흔들어 다시 오라 맞이하는 것이다.

어디로 튈지 모르는 너구리와 청개구리
말 안 듣는 원숭이와 눈먼 개미 떼
내 안에 이런 것들이 주인 행세 식객 노릇.

—「내 안에」 전문

너구리와 청개구리, 원숭이와 개미는 신적 존재의 변신이라 말할 수 있는가. 시인이 이들을 제 몸에 받아들이고 더불어 거주함은 일종의 영접은 아닐까. 분명 말할 수 있는 것은 이 존재들은 인간세人間世에 있지 않다. 장자가 말했던 처세가 이들에게 인간답지 않기 때문이다. 인간이 만든 틀 속에 거주할 수 없는 존재이기에 신적 존재의 환유라 할 수 있다. '어디로 튈지 모르는' 행위의 무제한성과 '말 안 듣는' 경지는 언어의 상징 질서 밖 존재의 품성이다. 궁극적으로 '눈먼' 맹목이 인간의 용의주도를 넘어 존재하는 신들의 격이 아닐까. 시인은 이 신적 존재들을 식구로 보살피고 있다.

꽃 피고 잎 지는 게 기적이라는 말씀

시간을 재촉하지 않는 품성 그대로

나무들 몸을 낮추고 쉴 채비를 마쳤다.

사라져가는 모든 것들의 늠름한 뒤태

하늘로부터 받은 허허로운 충만에도

대지는 비장함 대신 너그러움을 택하고.

고개 숙인 결실들에 합장하는 어깨너머

세상에서 가장 낮은 길이 열리고

귀먹고 눈먼 바람이 선하게 앞장선다.

—「길」 전문

꽃과 나무와 바람마저도 사라져가는 모든 것들이다. 죽을 자들을 인도하는 길이 낮게 열렸다. 시인은 죽음에 앞서가 그들을 이끌고 있다. 결국 죽을 자들은 인간이기 때문이다. 이 고요의 순간에 시인은 어떻게 죽음 안에 거주할 수 있을까 응시하고 있다. '허허로운 충만'으로 표현된 죽음의 역설은 죽음을 죽음으로서 흔쾌히 맞이할 수 있는 능력을 요구한다. 훌륭한 죽음이 존재하도록 자신을 이끄는 가운데 시인은 거주하고 있다.

하이데거가 말하는 네 개의 틀 속에 거주하는 보살핌의 뜻은 백이운의 시에서 새롭다. 구원과 수용과 기다림과 인도함이 하나로 겹쳐져 백이운의 시를 건축하는 시학으로 자리하고 있다. 궁극적으로 백이운에게 시를 쓴다는 것은 그 행위에 멈추는 것이 아니라 아예 시적 공간에 거주함을 뜻한다. 이 불이不異의 공간 속에서 시인의 사라짐을 사유하게 된다.

3. '몸'을 사유함

백이운 시에 담긴 시적 공간은 보살핌으로 거주하는 가운데 '몸'에 결집된다. 이때 몸은 물리적으로 구획된 빈 공간을 채우는 구성물이 아니다. 몸 자체가 하나의 공간을 이루며 망각된 기억을 되살리며 은폐된 의미를 복구하는 장소로 기능한다. 이때 몸은 선회의 계기이자 가능성으로 열린 개별적 주체이다. 백이운 시에서 관성적으로 밀려가던 주체의 행로는 멈춰서 어느 곳으로든 방향 전환을 도모한다. 그처럼 몸은 결단의 집적체로서 시적 공간에서 재생한다.

바위가 막아서면 그 바위 돌아 흐르고

큰물이 덮쳐오면 그 등에 얹혀서 간다

흐름이 멈춘 뒤에야 큰칼을 벗는 운명.

흐르는 물이라고 뼈 없는 것은 아니다

흐름을 그쳤다고 물 아닌 것은 아니다

누구나 큰칼을 벗을 즘엔 물이 한번 뒤집히리.
　　―「물」 전문

물은 일반적으로 흐르는 존재로서 공간화되어 있다. 가뭇없이 사라지는 무의미한 공간성으로 여겨졌다. 그런데 물이 바위와 큰물과 결집될 때 또 다른 계기를 만난다. '돌아 흐르'기도 하고 '얹혀서' 흐르기도 한다. 이 선회와 중첩은 거주함의 양상으로 백이운의 시를 변환의 장소로 공간화한다. 물의 환유적 치환은 몸을 상기시킨다. 시인은 '큰칼'이라고 하는 금줄과 같은 경계적 운명을 물의 선회에 겹쳐 놓는다. 시인은 고요 속에 멈춘 듯하다. 하지만 그 거주함 속에서 운명을 바꿀 계기를 마련하고 있다. 이 뒤집힘의 장소성이야말로 그의 시 몸속에 새겨진 시성詩性이라 할 수 있다. 그것은 궁극적으로 보이지 않는 것을 보는 가능성에 열려 있다. 탈골의 상상력이다.

차를 머금어 빛나는 찻잔의 몸만큼

찻상 유리면 속에 빛나는 잔 그림자

내면이 저쯤은 돼야, 탄복하는 되풀이.

혼자 차 마시기는 사라짐의 되풀이

기억 속에 각인된 달의 지문을 지우며

누군가 쓸고 닦은 길 달팽이가 기어가듯.

—「혼자 차 마시기」 전문

차를 머금은 찻잔이건, 시인의 몸이건 빙렬로 갈라져 있다. 그러므로 고요 속에서 차를 마시며 몸을 사유한다는 것은 사라짐을 몽상하는 일이다. 이 몸들을 스쳐 갔을 기억과 상처를 지우는 일이다. 이런 모든 일은 내밀한 깊이에 거주함으로 가능하다. 홀로 있다는 것은 고독한 일이다. 그러나 그때 비로소 천사의 소리를 들을 수 있다. 그러므로 고요에 거주함은 상징적 언어로 가득 찬 시의 몸에 잔금을 내고 타자와 다리를 놓는 보살핌이다. 이 모두 시인이 사라짐으로 이루어졌다. 🚶

매혹시편 4

고요의 순간들을 무엇으로 살았는가

1판 1쇄 펴낸 날 2023년 1월 5일

지은이 백이운
펴낸이 이민호
펴낸 곳 북치는소년
출판 등록 제2017-23호
주소 10442 경기도 고양시 일산동구 일산로 142, 427호(백석동, 유니테크빌벤처타운)
전화 02-6264-9669 | **팩스** 0505-300-8061 | **전자 우편** book-so@naver.com

디자인 신미연
제작 두성 P&L

ISBN 979-11-979474-1-4